AF322230

CRITIQUE

Des Ouvrages, de V.

CHANSON,

Sur l'Air, *Le Témeraire.*

APOLLON A URANIE.

APOLLON.

QUe je vois d'abus,

De gens intrus,

Ici ma chere,

Depuis vingt-cinq ans,

Qu'en pourpoint j'ai couru les champs,

Comment y monta le témeraire,

Qu'on nomme Voltaire?

LA MUSE.

Joli Sansonnet,

Bon Perroquet,

Dès la lisiere,

Le petit fripon,

D'abord eut le vol du Chapon.

APOLLON.

Que fit ensuite le témeraire ?
Répondez ma chere.

LA MUSE.

Il fit le méchant,
Le chien couchant,
Le refractaire,
Et selon le tems,
Montra le derriere ou les dents.

APOLLON.

Que fit ensuite le témeraire ?
Répondez ma chere.

LA MUSE.

Le rêveur en fat,
L'homme d'Etat,
Le populaire,
Le fin Courtisan,
Le Charlatan, Le Geay du Paon.

APOLLON.

Mais encore que fait le témeraire ?
Répondez ma chere.

LA MUSE.

Croyant en plein air,
Vôler de pair,
Avec Homére,
Il rima Lulli,
Et crayonna le Grand Henry.

APOLLON.

Que fit ensuite le témeraire ?
Répondez ma chere.

LA MUSE.

Des Drames pillez,
Et r'habillez,
A sa maniere,
mais bien étayé,
Du parterre bien souldoyé.

APOLLON.

Que fit ensuite le témeraire ?
Répondez ma chere.

LA MUSE.

L'histoire d'un Roy,
Qui par ma foy,
N'y gagne guere,
Car il parêt,
Aussi fou que l'Ecrivain l'est.

APOLLON.

Que fit ensuite le temeraire ?
Répondez ma chere.

LA MUSE.

Une Satire où
Ce Maître fou,
Gayement s'ingere,
D'être en ce pays,
Votre Maréchal des Logis.

APOLLON.

Que fit ensuite le témeraire ?
Répondez ma chere.

LA MUSE.

Il philofopha,
Apoftropha,
Ce qu'on revere.
Sacrifiant l'Ecrit,
Themis une alumette en fit.

APOLLON.

Que fit ensuite le témeraire ?
Répondez ma chere.

LA MUSE.

Croyant à Newton
Donner le ton
Sur la lumiere,
Son mauvais propos
Le replongea dans le cahos.

APOLLON.

Que fit, &c.

LA MUSE.

Il fait & refait,
Ce qu'il a fait,
Ce qu'il voit faire,
Subtil Editeur,
Grand Copiste, jamais Auteur.

APOLLON.

J'ordonne, lorsque le Plagiere,
Sera dans la Biere,
Qu'on porte soudain
Cet Ecrivain
au Cimetiere,
Dit communément
Les Charniers de Saint Innocent,
Et qu'il soit écrit sur la pierre,
Par mon Secretaire,
Ci-au ssous gît, qui

Droit comme un I,
Eût perdu terre,
Si de Montfaucon
Le crocq étoit fur l'Helicon.

F I N.

*Monsieur de Kelus ayant reçu par
le Laquais de Voltaire un Exem-
plaire du Temple du Goût, dans
lequel il loue M. de Kelus page
62, ce Seigneur lui envoya un
Louis & les Vers qui suivent.*

Dans ce Temple assez mal bâti,
Un grain d'encens que tu m'as départi,
Veut me faire un devoir de louer ton
    Ouvrage ;
Voltaire accepte ce Louis,
Je veux racheter à ce prix,
La liberté de mon suffrage.

EPIGRAMME.

Dites de lui , qu'il eſt fat éfronté ,
Chacun le ſçait,lui même en fait parade
Reprochés lui ſcandale , impieté ,
C'eſt de Nectar lui préſenter raſade ,
Ajoutés-y balafres & gourmade ,
C'eſt ſon plus clair & plus ſûr revenu ;
Bref, le paſſé l'a ſi bien ſoutenu ,
Qu'il ne craint plus affront ni flétriſſure,
Et ſa reſſource eſt d'être devenu,
Invulnerable à force de bleſſure.

Sur la piece attendue , de Bertrand du Gueſclin.

Dans la piece, ARROUET , que tu nous expedie,
Veux-tu voir une fois le Public ſatisfait?
Ne le fatigue plus de vieille rapſodie,
Laiſſes-là du Gueſclin , travailles pour
BIENFAIT. *

* Maître de Marionnettes.